Rembrandt van Rijn

IMPRIMERIE
DE LA
GAZETTE DES BEAUX-ARTS
8, RUE FAVART

CATALOGUE

DES

Eaux-Fortes et Dessin

DE

Rembrandt van Rijn

COMPOSANT

la Collection de feu M. de Tscharner

dont la vente aura lieu

A PARIS, HOTEL DROUOT, SALLE N° 8

Le Vendredi 15 Mai 1903, à 2 heures précises

Par le Ministère de Me MAURICE DELESTRE

Commissaire-Priseur

5, rue Saint-Georges

Assisté de M. LOYS DELTEIL, Artiste-Graveur Expert

22, rue des Bons-Enfants

CONDITIONS DE LA VENTE

Elle sera faite au comptant.

Les acquéreurs paieront *dix pour cent* en sus des prix d'adjudication.

M. Loys Delteil remplira les commissions que voudront bien lui confier les amateurs ne pouvant y assister.

MM. les amateurs pourront visiter la collection, *22, rue des Bons-Enfants*, du *Lundi 11 Mai* au *Jeudi 14*, de 10 heures à 4 heures.

N° 80 du Catalogue.

DÉSIGNATION

DESSIN

1. — L'Enfant Jésus présenté au Temple. Très beau dessin
à la plume. On y a joint une épreuve de l'eau-forte de
M. Pool exécutée d'après ce dessin.

EAUX-FORTES

2. — Rembrandt avec une écharpe autour du cou. (Dutuit
7). Belle épreuve.

3. — Rembrandt tenant un sabre (18). Très belle épreuve.

4. — Rembrandt et sa femme (19). Belle épreuve.

5. — Rembrandt à la toque ornée d'une plume (20). Belle
épreuve (doublée).

6. — Rembrandt dessinant (22). Superbe épreuve.

7. — Rembrandt aux cheveux courts et frisés et au bonnet
plat (26). Belle épreuve du 1ᵉʳ état.

8. — La même estampe. Belle épreuve du 2ᵉ état.

N° 12 du Catalogue.

9. — La même estampe. Belle épreuve.

10. — Rembrandt aux trois crocs et au bonnet retombant (28). Belle épreuve du 3e état.

11. — La même estampe. Deux épreuves du 4e état, une très belle.

12. — Rembrandt aux yeux hagards (33). Très belle épreuve, rognée.

13. — Adam et Eve (35). Très belle épreuve du 3e état.

14. — Abraham recevant les trois anges (36). Superbe épreuve. Rare.

15. — Agar renvoyée par Abraham (37). Bonne épreuve (doublée).

16. — Abraham caressant Isaac (38). Belle épreuve.

17. — Abraham avec son fils Isaac (39). Bonne épreuve.

18. — Joseph racontant ses songes (41). Belle épreuve.

19. — David en prière (44). Très belle épreuve.

20. — Tobie aveugle (45). Très belle épreuve.

21. — La même estampe. Belle épreuve.

22. — L'Ange disparaissant devant la famille de Tobie (46). Très belle épreuve.

23. — Le Triomphe de Mardochée (48). Très belle épreuve.

24. — L'Annonciation aux Bergers (49). Très belle épreuve avec le *paysage et les arches du pont distincts*.

25. — La Nativité (50). Très belle épreuve du 1er état.

26. — L'Adoration des Bergers (51). Très belle épreuve.

27. — La Circoncision (52). Très belle épreuve du 1er état (doublée).

28. — La Fuite en Egypte (57). Belle épreuve. On y a joint une copie en contre-partie.

29. — La Fuite en Egypte, effet de nuit (58). Contre-épreuve du 2e état.

30. — La même estampe. Très belle épreuve du 3e état.

Nᵒ 1 du Catalogue.

31. — Fuite en Égypte, passage de l'eau (60) Superbe épreuve.

32. — Le Repos en Égypte, effet de nuit (62). Très belle épreuve du 2ᵉ état, avant que l'âne ne soit gravé; elle est teintée à l'encre de chine.

33. — Le Repos en Égypte dit *au trait* (63). Épreuve faible d'une pièce fort légèrement mordue.

34. — La Vierge au linge (65). Belle épreuve.

35. — La Vierge au chat (66). Belle épreuve.

36. — Jésus au milieu des Docteurs (67). Belle épreuve.

37. — Jésus disputant avec les Docteurs de la loi (68). Très belle épreuve du 2ᵉ état.

38. — La même estampe. Belle épreuve du 3ᵉ état retravaillée à la manière noire. Rare.

39. — Jésus prêchant ou *la Petite Tombe* (71). Superbe épreuve avec des barbes.

40. — La Samaritaine (72). Très belle épreuve.

41. — La même estampe. Très belle épreuve.

42. — La Samaritaine, dite aux Ruines (73). Belle épreuve.

43. — La Décollation de Saint-Jean-Baptiste (74). Belle épreuve.

44. — Le Retour de l'Enfant prodigue (76). Belle épreuve.

45. — Jésus guérissant les malades, pièce dite *de cent florins* (77). Très belle et rare épreuve du 2ᵉ état *avant* la retouche du capitaine Baillie, la voûte visible.

46. — La même estampe. Morceaux (4) de la planche coupée par le capitaine Baillie.

47. — La Petite Résurrection de Lazare (78). Belle épreuve du 1ᵉʳ état.

48. — La même estampe. Belle épreuve du même état, teintée à l'encre de chine.

49. — La Grande Résurrection de Lazare (79). Très belle épreuve.

50. — Jésus chassant les vendeurs du Temple (80). Très belle épreuve.

51. — La même estampe. Belle épreuve.

52. — Le Denier de César (81). Très belle épreuve.

53. — Jésus au Jardin des Oliviers (82). Belle épreuve.

54. — Jésus en Croix entre les deux larrons (86). De forme ovale. Belle épreuve.

55. — Jésus en Croix (87). Belle épreuve.

56. — Descente de croix, dite au flambeau (90). Très belle épreuve.

57. — Le Transport de Jésus au tombeau (92). Belle épreuve.

58. — Les Grands Disciples d'Emmaüs (94). Très belle épreuve.

59. — Les Petits Disciples d'Emmaüs (95). Très belle épreuve.

60. — La même estampe. Belle épreuve.

61. — Pierre et Jean à la porte du Temple (97). Très-belle épreuve *avant divers travaux*, chargée de barbes.

62. — La même estampe. Belle épreuve.

63. — Martyre de Saint Étienne (100). Très belle épreuve.

64. — La Mort de la Vierge (102). Très belle épreuve du 2ᵉ état avant les tailles verticales sur le montant du lit.

65. — Saint Jérôme lisant au pied d'un arbre (102). Très belle épreuve.

66. — La même estampe. Belle épreuve.

67. — Saint Jérôme à genoux (105). Belle épreuve.

68. — Saint Jérôme en méditation (108). Belle épreuve. On y a joint une contre épreuve. Deux pièces.

69. — Saint François (109). Très belle épreuve du 2ᵉ état d'un pièce très rare (très petites déchirures).

70. — La Fortune contraire (112). Belle épreuve très légèrement rognée à droite.

71. — L'Étoile des Rois (114). Très belle épreuve. Rare.

72. — Chasse aux lions (117). Belle épreuve.

73. — Sujet de bataille (118). Belle épreuve.

74. — Les Trois figures orientales (119). Très belle épreuve.

75. — Le Petit Orfèvre (124). Très belle épreuve.

76. — La même estampe. Belle épreuve.

77. — La Faiseuse de Koucks (125). Belle épreuve sur papier à la folie.

78. — La même estampe. Belle épreuve.

79. — Le Jeu de Kolef (126). Belle épreuve.

80. — La Synagogue des Juifs (127). Superbe épreuve avec quelques barbes.

81. — Le Maître d'école (128). Deux belles épreuves.

82. — Juif à grand bonnet (132). Belle épreuve.

83. — Le Joueur de cartes (135). Très belle épreuve du 1er état.

84. — Homme méditant (144). Belle épreuve. On y a joint une copie ancienne portant au dos la signature de P. Mariette. 1674.

85. — Vieillard à courte barbe (147). Belle épreuve.

86. — Le Persan (148). Belle épreuve.

87. — Le Cochon (153). Belle épreuve.

88. — La même estampe. Belle épreuve.

89. — Gueux debout (159). Très belle épreuve. Rare.

90. — Gueux et gueuse (160). — Vieille mendiante (166). Deux pièces. Belles épreuves.

91. — La Femme à la calebasse (164). Belle épreuve.

92. — Gueux assis sur une motte de terre (170). Belle épreuve du 1er état.

93. — Trois Mendiants à la porte d'une maison (172). Très belle épreuve.

94. — Gueux, 1634 (173). Belle épreuve.

95. — Gueux estropié (175). Belle épreuve.

96. — Figures académiques d'hommes (191). Belle épreuve du 1er état.

97. — Les Baigneurs (192). Belle épreuve du 1er état.

98. — Femme nue, les pieds dans l'eau (197). Belle épreuve.

99. — La Négresse couchée (202). Belle épreuve.

100. — Le Paysage aux trois arbres (209). Belle épreuve.

101. — Le Paysage aux trois chaumières (214). Magnifique épreuve chargée de barbes.

N° 101 du Catalogue.

102. — Le Paysage au dessinateur (216). Très belle épreuve.

102bis. — La même pièce, copie de R. Byron.

103. — La Chaumière et la Grange à foin (222). Superbe épreuve.

104. — L'Obélisque (224). Copie ancienne.

105. — L'Abreuvoir (228). 2e état.

106. — Le Moulin dit de Rembrandt (230). Très belle épreuve.

107. — La Campagne du Peseur d'or (231). Très belle épreuve d'une pièce fort belle et très rare (petite déchirure dans le haut et petite restauration dans le bas à gauche).

108. — Paysage à la vache qui s'abreuve (234). Belle épreuve.

109. — La même estampe. Belle épreuve.

110. — Paysages divers. Quinze pièces. Copies.

111. — Asselyn (Jean) dit Crabbetje (255). Belle épreuve.

112. — Coppenol (le grand) (258). Très belle épreuve de la planche coupée.

113. — La même estampe. Belle épreuve.

114. — Faustus (259). Belle épreuve du 2e état.

115. — La même estampe. Superbe épreuve du même état, sur papier du japon.

116. — Fransz (Abraham) (260). Belle épreuve avant les dernières retouches.

117. — La même estampe. Belle épreuve.

118. — Linden (Jean Antonides Vander), docteur en médecine de Leyde (264). Très belle épreuve.

119. — Menasseh ben Ysraël (266). Très belle épreuve.

120. — Six (Jean), 1647 (267). Copie trompeuse, belle épreuve.

121. — Sylvius (Cornelis, dit Janus), ministre protestant (268). Superbe épreuve.

122. — Uytenbogaert, dit le Peseur d'or (271). Contre-épreuve.

123. — Wttenbogardus (J.), ministre hollandais (272). Belle épreuve.

Nº 39 du Catalogue.

124. — Homme sous une treille (273). Belle épreuve. Rare.

125. — Vieillard portant la main à son bonnet (275). Très belle épreuve du 1er état.

126. — La même pièce. Belle épreuve du même état.

127. — La même pièce. Très belle épreuve de la planche terminée par G.-F. Schmidt.

128. — Vieillard à grande barbe (276). — Autre vieillard à grande barbe (287). Deux pièces. Belles épreuves.

129. — Homme à barbe courte et bonnet fourré (279). Très belle épreuve.

130. — Jeune homme assis et réfléchissant (282). Très belle épreuve (petite restauration).

131. — Vieillard à grande barbe (288). Très belle épreuve.

132. — Tête d'homme de face (300). Belle épreuve.

133. — Vieillard à grande barbe blanche (305). Belle épreuve.

134. — Vieillard à grande barbe (308). Belle épreuve.

135. — Vieillard à tête chauve (317). Belle épreuve.

136. — Têtes grotesques (318-319). Deux pièces. Belles épreuves.

137. — La grande Mariée juive (329). Superbe épreuve. Rare.

138. — Vieille Femme assise, supposée la mère de Rembrandt (333). Belle épreuve.

139. — La Liseuse (334). Belle épreuve.

140. — Femme coiffée en cheveux (335). Belle épreuve.

141. — Vieille qui dort (338). Très belle épreuve. Rare.

142. — Buste de Vieille d'un beau caractère (341). Très belle épreuve.

143. — Vieille avec un voile noir (343). Belle épreuve de la planche retouchée par C. H. Watelet, en 1760.

144. — Femme à grande cornette (347). Belle épreuve.

145. — Griffonnements, où se voit la tête de Rembrandt (351). Belle épreuve du 2e état.

146. — Feuille avec six Têtes, au milieu desquelles est le portrait de la femme de Rembrandt (353). Belle épreuve.

147. — Sous ce numéro il sera vendu par lots, cent estampes, originaux et copies.

BOL (Ferdinand)

148. — Le Sacrifice de Gédéon (D. 2). Très belle épreuve.
149. — Portrait d'un Officier (12). Très belle épreuve.

Nº 142 du Catalogue.

Collection de feu M. de Tscharner

Vente d'un dessin et d'eaux-fortes de Rembrandt, faite à l'Hôtel Drouot, salle 8, le 15 mai, par Me Delestre et M. Delteil.

Dessin. — 1. L'Enfant Jésus présenté au Temple, à la plume : 1.300.

Eaux-fortes. — 39. Jésus prêchant ou la Petite Tombe : 905 — 45. Jésus guérissant les malades, pièce dite aux Cent florins : 1.850. — 93. Trois mendiants à la porte d'une maison : 660. — 100. Le Paysage aux trois arbres : 630. — 101. Le Paysage aux trois chaumières : 2.200.

103. La Chaumière et la Grange à foin : 1.100.— 105. Le Moulin dit de Rembrandt : 850. — 107. La Campagne du peseur d'or : 400. — 114. Faustus : 820. — 115 La même estampe, sur papier Japon : 600. — 120. Jean Six, 1647 : 1.050. — 137. La grande Mariée juive : 650. — 141. Vieille qui dort : 430. — 142. Buste de vieille : 440.

Total : 21.876 francs.

---

(1) V. *Chronique des Arts* des 13, 20 et 27 décembre 1902.

Province

Évreux : Exposition de la Société des Amis des Arts de l'Eure, jusqu'au 20 juillet.

Le Puy : Exposition des Beaux-Arts, à partir du 20 juin.

Limoges : Exposition des Beaux-Arts, jusqu'à septembre.

Étranger

Munich : Exposition annuelle internationale des Beaux-Arts, au Glaspalast.

EXPOSITIONS ANNONCÉES

Province

Valenciennes : Exposition de la Société valenciennoise des Arts, du 20 septembre au 15 octobre. Dépôt des ouvrages, à Paris, chez Robinot, 32, rue de Maubeuge, avant le 1ᵉʳ septembre.

(Pour les autres expositions et concours ouverts ou annoncés, se reporter aux précédents numéros de la Chronique.*)*

L'Imprimeur-Gérant : André MARTY.

lle des Beaux-Arts, 8, rue Favart

RED. :

21

MIRE ISO N° 1
NF Z 43-057
AFNOR
Cedex 7 92080 PARIS LA DEFENSE

graphicom

BIBLIOTHEQUE
NATIONALE
DE FRANCE
****

CHATEAU
DE
SABLE
1996